人生七十二歳の開き直り
岩田乃子
Iwata Noko
青山ライフ出版

もくじ

魚尽くし

フードショップで買い物をしている。歩くたびに骨盤をあげかかとを落とせば自然と母指球に移動し指先で蹴れる。理屈抜きで壁に手をそえて練習してみた。骨盤をあげ踏み出す度に肛門を絞めて歩くと若さも保て、きれいに見えるらしい。

「開き直りも大事だよ」の言葉に私だってこうして歩けば五十歳の若さに戻れるかもなんて。開き直りも気分爽快だと自分で笑えてしまう。野菜売り場を通り越そうとしたら大根が百九十八円だったので通り越す。鮮魚に目を通して歩いた。珍しくサザエがあり、(刺身でも)刺身でどうやって食べるか判らないけど手が伸びて籠の中に入れた。


一瞬だけどサザエを食べた伊豆の下田が目に浮かんだ。若い頃初めて食べた網の上のサザエ、ほろ苦くても口当たりがよくぺろりと食べた五十年以上前の懐かしい思い出が私の中を通り掠れては過った。

満遍なく魚の並んだショーケースを行ったり来たりしていると、ハマチの粗を戻しに来た人がいた。そこを見ると脂ののったブリが二百円で売っていた。ハマチの四百九十八円より美味しいこと確実って察知したのでそれを籠に入れた。

冷蔵庫のお掃除兼整理で、空っぽになった冷蔵庫に一週間くらいの食料品に買い物籠に八重にしたマイバックまで入れて万以上のお金を払ってしまったら、千円札が一枚か二枚になってしまった。お腹を空かした同居人が苦になることしきりで、遅く出かけた買い物に帰宅すれば正午過ぎだった。

「ただ今。お腹空いた。ごめんね。遅くなって、今すぐだから」「二時間も何していた」「そんなことない。一時間だよ。出るとき十一時半だったもの。手は大丈夫」「大丈夫じゃぁない。痛くて冷やしている」「肺炎球菌ワクチン打ったのに、やったこともない鉄棒なんかにぶる下がるもので」「つい、忘れてなぁ。何の考えもなく手が伸びた」「チンしただけ、待ちかねていると思って」「たまにはいいよ」

テーブルで鮭を口に運びながら

「よくもこんな薄くして焼けるなぁと感心する」「私はね。これだけの食材がこんな安くていいのかぁって」「お前は作りすぎと食べ過ぎで太りすぎ」「それでもね。自分で作った惣菜の方がふたりの口に馴染みやすいよね」「ほぉ、まあなぁ」

入れ替えたお茶を湯のみに注いで居間に持って行った。

一時間経った頃、背中にローラーを回しながら

「あのなぁ、大根が売れなくて困っているらしい。原因は何か知っているか」「さぁ、ねぇ」「サンマが不漁で大根おろしを作る人が少ないからだってさ」「きょう大根は百九十八円だった。昨日までに食べた大根は九十八円だったのに」「それにしては高いなぁ」

「今日はすごく良いことあった。教えてほしい」「何だよ」「あのね、サザエがあった。昔を思い出した。熱川温泉の慰安旅行があって、そこに彼氏が面会に来て伊豆急で下田まで行って、サザエを食べたの。小ぶりだけど刺身でもって、書いてあったから買ってきた。それと脂がのったブリの粗、魚屋さんの前を通るたびに弁天で食べた鯛の粗煮を思い出す。お父さんは」

「そんな、十年以上の昔だぜ。それ以上に粗煮の煮かた上手くなったもので、思い出さずようがないじゃ、んか」

「夜は魚づくしだけど、いいよね」

「作ってくれたもの文句は言わんよ」

サザエを厚いプレートの上に乗せ焼けるのを待った。その焼けるまでの間私の中に青春の思い出が走馬灯のように行き来していた。稲取から伊豆急の列車で眺めた景色が霞んで通る。下田駅を降りた瞬間の海の潮の香りが私の中に掠って通り、鼻までムズムズしたような気がした。さて夕食「お父さん、お待ちどうさま。魚づくしだよ」「おぉ、頂くか」

とこ、とこ、とこ。音などしない軽やかなおちびさんまでついて三人。いやいや、一人に一匹の仔猫と黒猫のラブちゃんもやって来た。

「お父さん、間違っても人が食べるものを猫に与えてはいかんでね」「……」「もう上げたの。卑しい猫になって、後がどうしょうもないよ」「指にちぃーと上げた」「絶対ダメ」

仔猫アイを抱いて居間に行き洗濯ネットに入れた。居間でキーキー鳴いているけど知らぬ振りするのも愛情の一つと信じている。


小ぶりのサザエだけど三個ずつお皿にのせると、旅館で食べる一つのサザエより見映えがあると思った。お父さんは口に入れた。

「旨いぜ。小さいくせに旨い」「お父さん、伊豆の昔の彼氏に感謝しなくてはね。あのときに食べていなかったら、旅行に行って旅館で出るたった一つのサザエの味しか知らずに人生が終わりになる。そんなの勿体ないよね」「お前、壷って食べたことあるか」

「泥臭いドジョウも壷も魚も全部だめだった」「壷を食べたことない人なんかいないぜ」

「ここに一人いるじゃ、ん」「珍しい人になる」「ブリの粗煮は」「脂がのっていておいしいよ。カンパチくらいのことはある」

私も口の中にサザエを入れた。

「お父さん、ほろ苦くて夏バテ解消だね」「いけるら」「うん、様様です」「こっちも脂がのっていて旨いぞ」「本当に。久しぶりでブリの美味しいのを食べた」「ごちそうさん」

湯呑を持って居間に行った。

【人生開き直りが大事】だって、教えてくれた人ありがとうね。私は思ったよ。開き直ると今まで生きた自分の道のりが愛おしいほど、抱きしめてあげたくなるほどに、すべてを許している。人を受け入れる包容さも備わることを教わった。

次の日、お父さんは御嶽プロから教わって買ってきたローラーに乗って背中を伸ばしていた。すると、仔猫のアイはお父さんの人差し指を「ちゅ、ちゅ」。指を隠しても直ぐに来て「ちゅ、ちゅ」と吸い付き手を隠すけど、しつこく嘗めに来たらしいと文句を言い出した。

「あれほど言った、ら。人様の食べるものを与えてはいけないって。アイだけだよ、行儀の悪い猫は」「もう治らないかなぁ。しばらくは食事の時と、新聞を読むときは猫ハウスで辛抱させてみるわ」

「母さんに任せるわ」

アイちゃんお行儀よくしようね。お利口さんになろうね。きょとんとして、頭を傾けて「ミュー」。仕草が堪らなく可愛いのでお父さんの癒しになっている。

ご褒美

二十年ぶりに同郷の背戸のくるみから連絡が入り、敬老会の行事が済み次第会おうと約束してあった。着信に飛んでくれば切れた後、携帯なのに持ち歩かないのが私の悪い癖でもある。七十二歳の高齢者とは言え、健康な生活をしていれば忙しいのは誰も同じだと思った。【思い立ったが吉日】あと伸ばしは忘れることが多い。直ぐに会うことになった。

「あんたさぁ、本を持ってきてくれるって」「あぁ、そうだった。忘れていた。筋向いだから大丈夫、買って行くよ」「頼むね」

環状線を渡り谷島屋に着いた。(三方原の人の本です)の二冊を手に取り、エッセイを書いて活躍している本の処を覗いてみた。パラパラめくる。自分の目では判断のしようがないので心の中で『私に必要な本を与えてください』お願いすると三冊もひょいひょいと手に抱えていた。『お金がのす』に自分の本を一冊もとに戻して会計に並んだ。

夜になっても眠れない。(こんなときこそ読書の秋。本が読めてありがたいわ)結局朝まで読んだ。

「I am a Princess（わたしはプリンセスである)」「自分とは、世界でただ一つの、かけがえのない価値のある存在である」上原愛加著者抜粋自分のプリンセスの種を育てるお話だった。

翌朝早速試そうと、起き掛けにお白湯を飲み、その後に、コーヒーを入れて外に出た。

腰掛けて家の庭木を眺めて見た。すると心の中から「田舎の山が見たいよ」（大丈夫。同郷の背戸のくるみに会う日だから、やさしく言ってみるからね）「ありがとうね」

同級生なのに同窓会も出席したことのない。実父の初盆以来だから二十年以上は会っていない。車の車種と色をお互いに伝えた。私は一俵タワラより少しマシくらい体型で、顔はほとんど変わっていないとみんなが言うから大丈夫だけど、くるみは想像がつかないほど小さくなったと言っていた。目的の場所、井伊谷のガソリンスタンドの横の駐車場に着くと、くるみが寄ってきた。卒業するまでは見上げるほど背が高いと思ったのに、私より小さくなっていた。

私の車に乗り
「ねえ、どこに行く」「何処にしようかね。会えてうれしくてテンションが高いじゃ、んね」

口を塞いだくるみに
「Aコープで弁当とお茶を買って、大きい声で話しても気兼ねのない所でも行く」「それじゃあ、細江公園にする」「ああ、そうだ本を読んでね。それと、楽器博物館に天皇陛下様と美智子さまがお召し上がりになった舞茸だけど食べて」「嫌だ、やー（遠州弁）私らなんにも持ってこん（遠州弁来ない）」「すぐそばで毎日食べているから。きょうね、買いに行ったついでだから大丈夫」「そいじゃぁ、私がお弁当とお茶を買わせてもらう」

「有難く頂戴するね」「こっちこそ、ありがとう」

トイレに行きたくなり外に出るとフラダンスの平山さんにばったり会った。

「いや、何よ」「ねえ、来て、来て」「何よ」「渋川の奥の古東土《ふるとうど》に同級生いるって言ったじゃ、んね。見せてあげる」「何処よ。何処」「ああ、どんな人か判らなくなってしまった」「洋服は」「ううん、紫だっけ」

あっちの通りを覗いて、次の通りを探してやっと見つけたけど、洋服の色さえ気が付かず、クリーム色の裾寄りにやさしい花模様が入っていた。平山さんと引佐の人にしか解らない話に華を咲かせていた。

さて車に乗って奥浜名湖に向かった。奥浜名湖壮を超えれば三差路になったオレンジロードで、私は東西南北が分からない方向音痴と言うことをくるみに伝えてなかった。

「どっちに行くよ」「左ではないの」「そうかねえ、違うと思う気がする」「まぁいい、間違っていたら戻ってくればいい。どこでも話ができれば関係ないよ」「田舎道は得意だから心配ない」「よくこんなに大きな車に乗るじゃ、ん」「あまり乗らないから一台あれば、息子の車もバッテリーを上げないために、たまに重なると借りる」「軽自動車でないと走りにくい気がする」「やっと慣れた。二年も経つのに、二人で使っても七千キロだって。この道だと三ケ日に行ってしまうに」「何処かで方向転換すれば」

元の道に戻って

「上に行くじゃあないの」「上ってみる」

この道はどこに行くのかもわからずに上に上った。

「細江公園って、書いてあるけど何処から登るの」「さぁねえ、もっと上に行ってごらん」「山の空気を吸いたかったから、深いほどうれしい」「これだけ広ければ落ちることもないし、事故を起こすほどの齢よりは若い」「車が止めてある。ここへ置いて上に登ってみよう、よ」

車が止めてあったので私たちもそこに止めて、お弁当を持って登山道を登り始めた。

懐かしさがこみあげ、昔に戻り、石もゴロゴロとしているのに身体が軽くなった。

「川坂のバス停を降りて山道に入って歩いた道にそっくりだね」「いやぁ、あんたも思ったの。見持田を越えて細い道を三年間よく通ったね」「あの道にそっくりだから、くるみ。足は大丈夫」「平気だよ。あんたは」「私も、あっちこっちに行ってやっと、膝の痛いのも完治した」「へえ、すごいじゃ、ん」「お金に糸目をつけない人と一緒になれたから」「細かくないの」「細かいけど必要な時にはいくらでも出してくれる。なかなかいないに。そんな人」「うちも細かいけど、出すときは出す」「良い人に巡り合ったから感謝しないとね」「両親が早く死んで、本当にありがたかった。それにしても、あの山道にそっくり」

川坂のバス停を降りて、県道になった道路から外れて、草刈り場に入る。田んぼ道を通り、沢をひょいと越すと、今歩いているような山道になっていた。人が作った足跡道をひょいひょぃと登って、時々山の中の植物に目を奪われていた。

今まさにそのようなことをして若さを取り戻している。この齢になれば足腰が痛くてこのような坂など絶対無理かもしれない。お店で大きな声で話したら申し訳ないと開き直った。尉ヶ峰から富幕山の登山道を歩いている私とくるみは、人様が見たらとても変わったおばあさんかも知れないと思った。久しぶりだから大きな声になろうが小さかろうが、話せて、近況が分れば、それだけで充分満足だった。

「私はこういう処に来て英気を養いたかった。本当にありがとうね。こんなに素敵なご褒美をくるみから頂いた。ありがとうね」「何で」「裏に二階建ての家が並んでしまったので、三岳方面の山がわずかに見えるだけになってしまった」「一等地なのに。住んでみないと判らないことだね」「森林浴で命の洗濯をした」「喜んでくれて私もうれしい。お父さんに土産のお話を持って帰れるよ」「私も会えてよかった。また会おうね、必ず」

さらけ出す

「中秋の名月です。お暇だったら外に出て月でも眺めてくだされば」

メールに外に出て月を眺めた。お月様はほんわか、ホンワカとやさしい焔を私の方に返して下さったと感じた。（月読みの尊様はこんなにやさしい人なのだ。昼夜を問わず見守り続けている。有難い神様だということを七十二歳になるまで気づきもしなかった。申し訳ないぁと思う気持ちと感謝の気持ちに）自然と手を合わせていた。

自分の中のプリンセスの種にもお月様を見せてあげたい気持ちが芽生え、外に出た。するとお月様の光線が私の目に届いた。（目が疲れているなぁ）と思っていたからこれは目薬と同じなんだなぁと気がついた。

太陽の光をまともに受けたならば、白内障になるかも。サングラスもいらないお月様は、自分を全部さらけ出しても大丈夫のような神様かもと思った。

あんこ餅みたいなお月様

朝の目覚めが早かったので畑の草でも取ろうと外に出た。地下足袋まで履いてお月様を眺めた。お月様を眺めるならプリンセスの種にも見せてあげたい気持ちになり、地下足袋を脱いでコーヒーを入れた。そして、気がついた。

プリンセスの種とは『自身の魂というか、自身の心』ではないかと。コーヒーを片手に椅子に座っていた。淡い空色にほんのりするような白さのお月様が見え(月が白いなんて)これも七十二年経って初めて気がついた。昼間に見たとしても（あぁ月）と感慨深くも観なかっただけで、今の私は気持ちに余裕が備わり、自身に向き合う力みたいなものが漲っているのではないかと思った。

コーヒーの器の暖かさが無くなるまで、お月様を眺めて見ようと両手で包み、しばし眺めると、真っ白なお饅頭にも見えた。お饅頭は小さいけどお正月に作る田舎のあんこ餅のほうが相応しい白さともいえた。手の中に丸めたあんこ餅を餅とり粉につけると丁度、今のお月様のような形になって、餅とり粉が付いたあんこ餅を頬張る我が子が浮かんだ。

我が家は男の子ばかりで、周りも男の子が多かった。同級生の男の子が四人もいた。働く母親が多くなり、私だけが専業主婦で他の人たちはおばあさんが孫を見ていた。

幼稚園が終わると三人の子供は
「貴遊《たか》ぶかぁ」

が毎日の日課になっていた。おやつを食べている息子は
「お母さん、おばあさんじゃぁ、こういうのを作ってくれんってさ。みんなの分も明日から作って」

「明日からなんて言わなくても欲しいならあるよ」

飛び跳ね、転がるように喜ぶ息子は
「あのねぇ、みんなの分があるって。上、んな（上がっての遠州弁）」

嬉しそうに頬張る子供達を見たときの幸せ顔が淡い空に浮かんだ。

『おばさん、元気、け（かいの遠州弁）』私の中を過った。あの子供たちは今、あの当時のことを覚えているだろうか。ミックス粉で作った蒸パン。帰ってきたらすぐ焼けるようにしたクッキー。家の子供と両親のおやつ。あなたたちの分を丸めて置くと、あなたたちは長く伸ばして、うんちのように丸めてうんこクッキーだ。

「イェイ、イェイ。ぼくが一番。イェイ、イェイ。」

形の良い作り方が誰かと自慢しながら喜んで食べていたね。懐かしい思い出だね。覚えている。

四十年以上の昔の話をする私だけど、孫を預かっていたおばあさんより年寄りかも。

だけど、寿命が延びたので老け方も遅いから、丁度同じ年に見えるかも知れない。

年の暮れの三十日に息子貴《たか》は前の友達の家に遊びに行った。お昼までみっちりと遊んでくるのに早く帰って来たので何事かと思えば、

「お母さん。あんこ餅が食べたい。作って」

と、せがみだした。まるで仔猫が足元にじゃれつき動けないほど纏わりついた。

家の暮れは小豆をお汁粉にするので、もうすでにお汁粉用の小豆はいつかできていた。

お昼前に小豆を煮ることなどどんなに急いでも無理なこと。隣に電話した。すると
「ごめんね。内ではもちい（遠州弁十五日）に作るもので」

エプロンの端を掴まえしきりとせがむ子供に次の家に電話をすると
「うちのお父さんはこし餡しか食べないの。それで良かったら、出来次第届けるね」

やっと、へばりつくこと止めたけど、暮れの忙しいときにせがみつかれたので、

「本当に。子持ちは仕事が当てにならん、ん（遠州弁ない）」

祖母と義母にクタクタ文句を言われ、悔しいやら、子供が気の毒で怒れる気持ちと、かわいそうな気持ちが入り乱れ、ただひたすら忙しく飛び回って働いた。

三時を過ぎた頃子供が
「お母さん。あそこのおばさん何か風呂敷包みを抱えて家に来るみたいだよ」「家の餡子は粒あん

だけど、あそこのおじいさんは粒あんが嫌いなの。内の沢山ある小豆を煮ようなんて前の日からしないと絶対に無理じゃ、んね。親切に持ってきてくれたから、有難く食べる、だに（なさいの遠州弁）。文句を言うと罰が当たるからね」「わかった。あんこ餅だったら文句は言わない。家のお汁粉はもう飽いた」

今の時代はチャイムを鳴らして、お伺いをしてから玄関を跨ぐけど、昔はそんなものは必要がないほど、のんきで平和な世の中だった。

「ごめん下さい。貴ちゃんごめんね。ちょっとは食べたかったよね。おばさんの家のおじいさんは粒あんが嫌いだから、手間をかけてさらすの。お母さんは忙しいからこれで我慢してね」

と奥にへばりついて困っている私と息子の名前を呼んだ。これとばかりにすっ飛んで玄関に向かう息子。そして、風呂敷包みから重箱を出した。

「八人分あるから、一個ずつ仲良く食べてね。よその家のことだけどおばさんが謝るから許してね」

「有難う。本当に助かった。これで暮れの仕事に没頭できる」

子供に丁重に頭を下げて家に帰った。重箱を開けると真っ白なあんこ餅が、家族八人分仲良く並んでいた。その節はありがとうね。あのときのことは一生忘れないと思う。気立ての良い人のことはいつまでも心に温かく残っている。

それから家の暮れはあんこ餅の分とお汁粉用と二種類の小豆を煮るようになった。

今は草餅に変わったあんこ餅だけど、私がいつも作るあんこ餅は、大きくなり鉄砲玉のような息子たちを忘れないために作っているようなもの。いつもご相伴して下さる皆様に感謝しているよ。食べないのに作るから。

コーヒーカップも冷めたので、地下足袋に変えて畑に出かけた。堆肥を置こうとしたのに、いつの間にか草だらけの畑に仕方ないかと三角鍬でちょんちょん草の処を柔らかくした。時々真っ白なお月様を眺めて、また草を取った。いつもなら嫌になって飽いてしまうのに、時々眺めてまた取る。繰り返していたら、不思議なことに最後まで取ってしまっても、腰の張りもなく、時間も七時前に終わってしまったので、お月様は私に魔法をかけたような気がした。幼かった子供達も立派なお父さんになり、働き盛りになった。『おばさん、手伝ってあげたよ。うんちクッキーや蒸しパンのお礼だよ』淡い空色にぽっかり浮かんだお月様が時々近所の子供達の顔に重なり出していた。お月様の不思議な光景に心が休まり、いつも以上の穏やかな私に変身していることには自分ながらに驚いてしまった。

スポーツの秋

小学校の体育館でバウンドテニスをしている。毎週土曜日は体育館に出かけ身体を動かすと、心身ともに若返る気がして愉しい。今までは暑くて笑えるどころの騒ぎではなかった。でも、きょうはお彼岸になったので【暑さ寒さも彼岸まで】の諺にあるように過ごしやすかった。体も良く動く。「ねえ、あなたよくそんなに動けるねぇ」「そんなに動いている。自分では分からん」

八十四歳になった丸山さんが言った。すると、隣にいた女性が
「愉しそうに動いているじゃ、ん。さっきから相手のボールも拾って向こうのコートに投げている。よく動けるなぁって見て、た」「あぁ、そうだった。遅く来たもので少し余分に動かないと準備体操にならないと思って。涼しくなったもので勝手に動くではないの」「そう言えば、みんなもいつもより動きがいいよね」「動けて楽しければ言うことないよね。それにしても、愉しい」

練習試合になったのでそれとなく、全体の流れを見てみた。私ばかりでなくみんな軽やかに動いていた。そして、たゆまないほどに笑い声が絶えなかった。

同じパートナーになればもっと楽しくてただ、ただ面白くてお腹を抱えていた。失敗しても、上

手く決めても笑いが絶えなかった。初めて経験する愉しさ（こんなのありですか）に何処からともなく**【開き直れば、身軽になる】**って聞こえたような気がした。

「何でこんなに楽しいの」「さあねぇ」「暑さも峠を超えて身体に余裕ができたのかねぇ」「あなたが愉しい人だから、みんなも自然と顔がほころぶ、だよ」「何でもいいじゃ、ん。笑う門には福来る」「愉しい人だね」「良かったね。きょうも運動できて」「来週もバウンドテニス来てしようね」

外に出た。

「あーぁ、今夜も曇っているからお月様見えないね」「中秋の名月のお月様きれいだったね」「満月の焔って言うのだって」「月の明かりのこと、ほむらか、何だかロマンチックだね」

テニスの仲間と曇った夜空を眺め、八人の仲間はそれぞれ車に、徒歩で家路に向かった。

同居人

私は同居人になって十二年の月日が経った。何不自由なく暮らしに感謝をしている。独り暮らしだと厚生年金でも余裕がなく、この時間はまだ働きに出ていると思った。

お父さんとソファに浅く腰を掛けたり、奥に座り膝を立てたりして相撲を観ている。

「お父さん。一人でアパートに暮らしていたら相撲どころの騒ぎではない」「おぉ」「年金だけだと家賃を払って、車も乗るから維持費で年金がすっ飛んでしまう。今頃あくせく働いている」「そいだで」「こんなにのんびりとさせて貰って有難いなぁと思って」「何を言うかと思えば、変なこと言うやつだなぁ。俺なんかお前がいなけりゃあ、いつか干上がっていた。相撲どころか、あの世で相撲を見ているかもなぁ」

じゃれつく仔猫を捕まえて
「アイちゃんがいるもので寂しくないよなぁ。あぁ、痛い、また噛みついた」「爪も切らないと身体じゅう傷だらけにされちゃうよ」

ある日の夜中に、物音がするから目が覚めた。居間の電気が付いていたので起きた。

「アイのやつ、背中に爪を立てたもので、痛痒くて目が覚めた」

お父さんは背中を私の方に向けた。見たら長く伸びた爪痕が二とこもあった。

「お父さん。可愛らしい爪の痕。彼女なら丁度甘えてせがんでいるみたいだに」「八十にもなってせがまれても役にたたんなぁ」「それだ、もんで（だから遠州弁）猫がお父さんの相手をしてくれているじゃ、ん。アイが来てから元気を取り戻したじゃ、ん。アイが来なかったら今頃病院か、痴ほう症でもなって、ゴルフどころではない。猫は二人の幸せの宅急便だから大事にしないと罰が当たるよ」「お前がさぁ、一人で猫の何だかんだとかかる費用が大変だと思うと、惚けるわけにもいかないし、大病もでき、ん」「お父さんは良い人だけど口が悪いもので『猫のやつ』だけは止めた方がいいと思うよ。アイは良くてもラブはデリケートだから、アイが来てから焼きもちを焼き過ぎて猫相が悪くなった」「どうするだよ」「側に来たら頭を万遍なく摩る。そしたら幸せ顔に変身する」「ほぉ」「まだ早すぎるから寝たほうがいいに」「おぉ、まだ寝るに決まっている」

その様子を陰から見ていたラブは夜中に私の部屋からお父さんの処に行った。

「ラブのやつ、夕べ部屋に入ってきた」「起きたときにお父さんの部屋少し開いているなぁと思った。心配して見に行った。もう何回もそうじゃ、ん。ラブはお利巧な猫だよ」

起きてすぐに猫ハウスに入ったラブに
「ラブ。おはよう」

手を出すと（がぶ）としようとしたらしい。

「噛みつこうとしたぜ」「お父さん。ラブが心配して見に行ったのに、心を込めてありがとうって言ってごらん。デリケートな猫だ、もんで、何でも通じてしまう、だよ」

「ラブちゃん。夕べは見に来てくれてありがとう、な。また、頼むで、な」

ラブはやさしい顔をしてお父さんに視線を向けたと話した。


私がパソコンの前に座ると必ずデスクトップの前に立ちはだかるので、

「ラブちゃん良い猫ね。良い猫だからお座りして頂戴ね。ラブちゃんのこと書いてあげるから応援してね」

黒光りしたラブを労わるように頭の先からお尻まで、愛おしいほどやさしく何回も撫ぜると幸せ顔も麗しくなり、そんなラブの口元に「チュ」ってする幸せに満ちた瞬間。どうやって表現するのだろうかと想いながら、パソコンに入力が始まる。

開き直った人生七十二歳の私が大勢の人たちに拡がって、ふんわりやさしく、それでいて多少は重みもあり、その重みは暖かさのハートになって、四方八方世界中に拡がる。

そう思っただけで、私と愛猫ラブの頭上にはやさしくお月様の焔が照らしているような気がした。

靄《もや》がかかったようなモキハナへの愛

ちょうど引佐町特産の温州ミカンの花が咲き出したころフラダンスノヒリエの練習が始まった。井伊谷の多目的ホールの外は靄《もや》がかかり、情緒が漂うハワイのような雰囲気になった。伴奏、窓の外のミカン畑をノヒリの場所に例えて　音を立てる砂浜　楽しい音色　踊っている場所が砂浜のような錯覚を起こしてしまった。

先生は始まる前に説明をした。でもきょうは説明なしでもハワイにいると勘違いしてしまった私は

「先生。あそこに咲いている花がモキハナだと思って踊れば、みんなで一緒にハワイにいる気がする」「なるほど、岩田さんよく気がついたね。そうだよね。こんなに毎日靄《もや》がかかる日ばかりだとうんざりするけど、気分を変えてモキハナだと思えば。うん、うん、うん」

おもしろい人のジェスチャー混じりで応えたから笑いの渦になって愉しくなった。

「テンポの遅い曲なのでしなやかにゆっくりとカウントを取らないと、手をくるくると回しかねないからね」

先生はアミをしながら外回り二回、内回り二回のお手本を見せた。あまりの感情のこもった仕草に口が滑った。

「ねえー、先生。アミをしながら手を回すとき愛おしい人を思って感情を込めているの」

顔を真っ赤にして
「いやいや、そんなつもりはありませんよ。ただ曲に合わせて、ゆっくりと、しなやかに回せば自然と感情も籠るかも」

セミプロだから見惚れるのも当たり前かもしれないけど、いつ踊っても誠心誠意を込めて、ハワイの人たち（神様の御心）の気持ちになって踊る先生はすごいと思う。

【石の上にも三年】見様見真似でついて来たけど、『メレ　オフ　マイ　トゥトゥエ。カプアウイ、ノヒリエ』などの三曲だけは運動代わりに気が向いたら踊れる自分でありたいと思っている。

月日が過ぎ九月になった。ガラス越しのミカン畑にヘクソカズラが真っ白な花をつけていた。私は開き直った。【モキハナ】がどんな花か判らないから。いくら臭い【ヘクソカズラ】だって、採って匂いを嗅いだわけではないから【モキハナ】だと信じて踊れば愉しさも増す。開き直りは恐ろしいほど上達していると思った。先生は
「ノヒリエの次のターンですが、かかとを上げない」見本を見せた。「やってみてください」

全員がかかとを上げないように、左手を斜めにおろして一、二、三とかかとを上げないようにター

ンした。

「すごい、すごい。きれいにターンができました。本当にきれいだった」

先生は手が痛くなるのではないかと思うほどいつまでも拍手をしていた。

オス猫みたい

パソコンの前に座るとトコトコと黒猫のラブがやってきてパソコンの前に座った。

「ラブちゃん。良い猫。いいこね」

頭の先からお尻までやさしくいたわるように撫でると、背中を落として低くなった。

「このお話もきょう打ってしまうと終わりにしようか迷っているの。良い本になるのでラブちゃんも応援してね。お利巧さんじゃ、んね」

今朝は顔を覗き込むように眺めて見たの。どんなことをするのだろうかと意地とね。

すると、太い声で怒ったように「グァォ」女の子なのに、筋肉質の体を持ち上げ男顔に変身した。

「きょうはキスが無いのかよ。終わりにするな。続けろ」

と、言ってかのようにパソコンの前から移動した。

月読みの尊様

早く休みたい衝動に駆られて、お風呂も六時半に溜めだした。お父さんは明日ゴルフなので『早く休むかも』が手伝い
「お父さん、早く寝たいからお風呂を落としたよ。先に入っていい」「いや、俺が入る。俺も早く休む」
長風呂の人が先でも八時前にはパジャマになっていた。じゃれつきの仔猫アイも猫ハウスに入れた。お風呂まで一緒のラブも私の部屋の床に寝そべっている。
私はシーツを丹念に伸ばし、ローラーで猫の毛と私の髪の毛を万遍なく転がした。
きれいになったお布団の頭元で寝るラブを
「ラブ、ラブちゃん。お待ちどうさま」
ラブは私の頭元に飛び乗るとゆったりと敷布団に体をゆだねていた。(あぁそうだ。こんなに早く休んでしまうとお月様を拝むのを忘れた) 布団に正座して
「月読みの尊様。今日も一日有難うございました。外に出なくてごめんね。早く寝る」
私もゆったりと横になった。宇宙のかなたのお月様に行って見たい気持ちが湧いた。

「私は今から休みます。明日の朝まで月読みの尊様のおそばにPrincessの種はいたくなりました。深い眠りの後には貴方様のおそばにいると思いますが宜しくお願いします」

そして、早く眠るために足首回しを内側、外側五十回をして腹式呼吸をした。

眠っているのに意識ははっきりとしていた。まるで、赤ちゃんの頬の感触、手に触れるとふわ、ふわと幸せに包まれる。魔法かなと思いうつ伏せになった。すると、頭の天辺から足のつま先までが、赤ちゃんのふわ、ふわとしたしあわせの感触。足を交差して、ほんとか、幻か、足裏を摩ってみた。赤ちゃんの肌まではいかないけど、確かに七十二歳の肌の感触ではなかった。幸せな赤ちゃんのふわ、ふわとした柔らかさだった。

私の産声は凍え死ぬ寸前の赤子だったので、ふわ、ふわとした感触がなく、がりがりの未熟児で福助くらいの赤子だったと聴いて育った。

月読みの尊様は魔法をかけた。【Princessの種には歳は関係ない。素直さが一番。素直なあなたに飛び切りの幸せを与える】七十二年の歳月の中で一番幸せに包まれた赤ちゃんが誕生。ふわ、ふわとしたマショマロではないかと思った。

波長

秋になると人間ばかりでなく猫も食欲を増すように思えた。記帳のついでにサンドラックに寄った。自動ドアが開きカート置き場のカートをと思った瞬間に、買い物を済ませた私に似たようなタイプの女の人が出てきた。『引き出そうかな』と思っていたところなので『これ使う』と言っているように思えた。お互いに目が合い（阿吽の呼吸）で「有難う」「どうぞ」まではよかった。なのに、借りようと手にすると「あ、あ、あ」

何事かと思ってしまうじゃ、んね。さぁ、何が起きたことやら。多分、この女の人も意外と私と同じように頓馬の処があるように見えた。だって、手を持つところに大事なお財布などが入った手提げ鞄が蔓下がっていた。それを忘れて私に渡そうとしたから「あぁ、大事な物まで戴いては」顔を見合わせて七十歳前後の二人はカート置き場で、お腹をかかえて「けたけた、アハアハ」ただ、ただ面白くて、愉しくて愉快な笑いが止まらなかった。

気立ての良さそうなご婦人だったので、その印象が私の心の中に残った。猫の餌とわずかばかりの日用品を買うだけなのに、たまらなく愉しく、店員さんの受け答えの対応も明るかった。なにを

尋ねたと言えば、薬剤師さんだなと思ったので
「ねえ、目薬ですけど、充血用ってどれですかねぇ」「こちらがそうですよ」「私の目って、充血している」

そんなにイケメンではないただ普通の若い男の人に、私の目を見せるようにした。

「いやー、きれいなものですよ」「でも、目薬を点したいと思うときがあるに」「充血しているときは栄養不足だけど、今は大丈夫に見えますね」「栄養不足で充血するの。それでは点したいときはおねだりしているときだよね」「は、は、はぁ。確かに」

そして、その若い薬剤師さんは私の顔をまじまじと見た。

「そんなに若い人が眼鏡までかけて、しっかりと見ると、年寄りになると出てくる太い髭が丸見えになるじゃ、ん」クスッとして嬉しそうに、また楽しそうに「クスクス」と笑いながら、足早に他の通路に消えた。多分、他の通路でお腹を抱えているのではないかなぁと思った。

人生七十二歳の開き直りって、実に愉しく愉快だと思った。何事もないような日常が笑顔一つで、一日中幸せの種を撒く人に変身してしまうから。

夜は赤ちゃん

寝ているとなんとなく男臭い臭いだなと思った。でも私は赤ちゃんだと思って寝ている。

ときどき、体がぴくぴくと痙攣に似た気持ちよさを感じた。夕べは私が月まで闊歩したから、今夜は来てくれたと思って静かに休んでいた。でも、嘘か真か信じがたいことだけど「ぴくぴくした分だけ種を授ける」寝ぼけて起きた。トイレに行き用を済まそうとしたら、水道の蛇口くらいの勢いでお小水が飛び出し、その記憶が何日経っても思い出すので書き残しておくことにした。

布団に入って『何の知らせ』と目を閉じたら、今度は爆睡に落ち込んだ。


目が覚めた。時計を見ると五時半なので野良着に着替えて外に出た。ひんやりとした秋風が私のほほに、薄着の長袖に刺激となった。なぜか、さっぱりとした朝を迎えた気がした。この前見たお月様を眺めた。お月様はだいぶ欠けたけど、やっぱり白かった。

昨夜のぴくぴくと痙攣に似た気持ちよさに、お月様を見るのが気恥ずかしい気がした。

だから、背中を向けて草取りをしている。でも、ときどきは見る。やっぱり白い。

ブロッコリーを十本植えたのに六本しか育たず、五本もあれば充分なので、草を取ってしまったら追肥を置こうと、せっせと取った。

せっかく大きくなったブロッコリーが穴だらけになっていた。だから、そこに目が集中した。よく観察するとオンブバッタが何匹もおんぶしていた。「ブロッコリーの葉っぱは、そんなにおいしいの」返事はない。

七十二年生きてオンブバッタを何十回も、何百回も見ていると思うけど、きょうお彼岸の二十四日に生まれて初めて、オンブバッタは子供を背中に乗せているのではなく、交尾をしているということに気が付いたし、それをまともに一対だけ見た。

まさか、この齢を迎えるまで知らなかったとは恥ずかしくもあり大発見でもあった。その一対を観ながら、草取りをしている私も物好きな人だと自分でも呆れた。

三角鍬では小さな草は見逃すので、草取り用で屈んで一時間したけど腰も張らず、すっと、立って歩ける自分がいるのも不思議なことだと思った。物好きだから興味が湧いてオンブバッタを見た。一時間も立っているのにまだ交尾は終わっていなかった。

そんな馬鹿なことがと思うかも。上になっているバッタだけは茶色だったから、見分けやすい。それに、七十二歳になるのに目の視力だけはなぜか衰えていない。

ぴくぴくの種

家に入ると七時前、同居人さんが起きていた。味噌汁に火を入れ温めた。「もうすぐに（おしん）が始まってしまうから、ご飯は終わってからにしてもいい」「おぉ、そうしよ。すぐに始まるぞ」

ズボンを着替え居間に入ると、仔猫のアイが私の身体に「する、する、する」よじ登ってきてしまった。それを見ていたお父さんは「何をするかと思やぁ。は、は、は、はぁ」「（する、する）と私によじ登るのは良いけど、肩くらいまでなら何とかなるのに、なにを思ってしまったのか、頭までよじ登り髪の毛を前足に絡みつけてしまった。悲鳴をあげたいほど痛いので「お父さん、お願い。アイを頭から降ろして」「アイちゃん、お母さんが痛いって言っているでしょう。そんなことしてはダメ」

絡まった前足の髪のほつれを解いた。そして、「アイちゃん。大きな大木だねえ。お外に出ないから母さんが庭木だと思ってしまったのか。外には黒いカラスの天敵がいるからお外は危ないよなぁ」

　愛おしそうに仔猫を抱えているお父さんにも、仔猫がいて寂しさを紛らわす幸せの種が今日も元気に跳ね回っていた。

洗濯もの

朝日が出る間際の光景を目の当たりにして、東の空を眺めた。黄金色に輝いた朝日は、広がった雲の中から少しずつ上に登り始めた。その上を川の流れに似た雲がやわらかそうに、もこりー、もこーり、もこと天に向かって泳いでいた。

この前トラクターで耕した畑に大根を撒こうと東に向かって撒いている。住宅が裏の方には何軒もでき、裏で見えた三岳方面もすっかり家に覆われて姿を消した。

朝日も半分は屋根に隠れて見えない部分がある。夏の日差しはきついから助かるけど、きょうの黄金色は真下から見たらどんなに素晴らしいことかと、大根を撒きながら、朝日に現を抜かす私の方が間抜けかもしれない。

この前トラクターをかけ始めてパラパラと雨が降りだしたので、すぐそばに新築したばかりの洗濯物が苦になりだした。降りてチャイムを鳴らしたけど、出てこない。自転車の買い物帰りのご婦人が指をさし「ねえ、洗濯物がかわいそう」私に声を掛け走り去った。同じ年代だと思うので考えていることは同じだと思った。

『雨続きで、洗濯物も多いのに、濡らしてまた洗濯して干すなんて難儀だね』思っていると察知した私は家に入り、名簿をみせてもらい電話した。

「もしもし、組長の岩田です。洗濯物が濡れちゃうよ」「いい。いい」だって。

洗濯物が気の毒でお父さんに
「ねえ、お父さん。洗濯物を終えるものなら終ってあげたい」「なにを考えている、だ。今の若い人は触られただけでも気分を壊す」「へえー、そういう時代なの」「いら、ん（へたなとか、よぶんの遠州弁）ことするなよ」酷く叱られてしまった。

苦になることしきりだったけど、トラクターで畑を耕しながら、新築したばかりの家の洗濯物と、お空さんと、前方、両サイドを交互に見てトラクターで耕した畑が、

『ご苦労様ですね。あちこち見ないと空模様がね』真っ赤になった赤土さんが笑った。


大根を撒いていると、新築したばかりのご夫婦が燃えるゴミを出しにやってきた。

どちらともなく「おはようございます」挨拶を交わした。

「あぁこの前は洗濯ものをごめんね。お父さんにひどく叱られた」「お気を使っていただいて有難う。気持ちだけ充分に頂きました」

赤ちゃんを抱いたお父さんは「うはぁ、うはぁ」愛想よく笑った。奥さんは嬉しそうにそんなお父さんと子供を幸せそうに眺めて、「これからもよろしくね」

うれしそうに微笑んで、わずかな道のりの散歩を仲良く歩いていた。そんな仲良しさんに、この大根を分けてあげたい気持ちが湧いてきた。

「大根をまいているの。飛び切り美味しい大根だから、欲しい時はお電話下さいね。おでんにしても、お味噌汁でも甘みがあって美味しい。幸せも寄ってくる」「ありがとう。楽しみが増えました」

お父さんはやっぱり「うはぁ、うはぁ、」もっと、テンションが上がり「うはぁ、うはぁ。うはぁ、うはぁ」

私は変わった笑い方もあるものだなぁと真似てみたけど、「うわっ、うわっ」になってしまった。どこで発声練習をしたと家に戻りながら愉しくなった。

大根のおばあさん

月日は過ぎた。さつま芋の鍬傷とか小さめのさつま芋を一輪車に乗せて隣保に配った。

今の世代は共働きなので玄関に置いて置けば、会話の中から阿吽の呼吸で通じる暖かさも生まれた。女の子を育てたことがないのに、五十代の高校生活の副産物は今になって生かされている。『あの子たちも今頃どこかでこうして暮らしている』若いお母さんの気持ちが手に取るように分かるから有難いと思っている。

一軒ずつ配っていると新築したばかりのご夫婦が、近所に住んでいるお母さん（母親）を連れて散歩から帰って来た。そのお母さんに
「サツマイモほしい」「ありがとうね。今は貰ったのがあるから大丈夫。この子たちにありがとうね」

「屑だもの。貰ってくれて有難いよ」

するると、手をつないで歩いているお孫さんが
「ばーば、大根のおばあさんだよ。大根がおいしいおばさん」

すると、お母さんママが

「おばさん、あれ以来ね、姿が見えるたびに大根のおばさんのおばあさんって呼んでいるの」「そう、ありがとうね」「うん」

目の中に入れても痛くないような可愛らしい孫がうれしそうに頷いた。その姿がたまらなくかわいらしく、側にいたみんなの顔もうっとりするほどに、幸せ顔に変身してしまった。

可愛いお地蔵さん

私のペンネームは岩田乃子。五十歳からの高校生活を読んでくださった文芸社の岩田さんという人が浜松に在住した時期があり、懐かしく読んで電話をくださった。

「本にしたらどうですか」「そんな気持ちはないけど、苗字が苦になった。私は同居人でこの家は岩○で私は田○なので、なんでこうなのって、苦になっていた」「じゃあ親戚みたいなものですね。親戚ですよ」

それが縁で本を出版し、ペンネームに岩田さんにお断りをして岩田を戴いた。青春時代の一番幸せで楽しかったころのニックネームが『のこ』。此処に岩田乃子が実在している。岩田さんに巡り合わなければ、この本もこのお話もない。それと、後になって気が付いたことだけど岩田さんは富士市の出身【竹取物語】のかぐや姫は富士の物語だと知った。それで、お月様と縁ができたのかなぁと思った。

お陰様でいろいろな縁が拡がり、幾重にも重なるご高齢の人たちの毅然とした生き方で学ぶチャンスもたくさん頂いた。ペンネームのお陰で途方もない人の巡り逢いとなった。

そんな人に会いたい。会えないもどかしさに、こんな時こそ近所に住んでいるおばあさんの顔でも見に行こう。採りたてのオクラと、一口ほどしかない家のブドウを手に提げて、環状線の信号機を渡った。久しぶりに会うので環状線が天の川ならば、織姫と彦星が久しぶりに会うような気分だった。産みの親にお乳でもせがむような気持ちに似ている。足も軽やかに飛び跳ねスキップまでしている。まっしぐらにテンポよく歩く姿はモデル気分の颯爽さだった。

チャイムを鳴らすけど、出てきそうにもなかった、カギは開いている。私は声を掛け「ばーば、私は乃子。上らせてもらうに。ばーば、上がるよ」

今のご時世では人様の玄関を無断で潜れば（不法侵入）の罪になってしまう。わたしは「阿吽の呼吸」で他人なのに親子ではないかと思うほどに、親しい間柄になので、家に声を掛け上らせてもらっている。

最初に会ったのはお寺のお世話人の当番の集金を集めている時に出会った。紛れもなく等流法身である。奥の部屋で横になっているであろうと見に行った。一ヶ月ぶりかも。いやいや二か月ぶりかもしれない。ラジオを聴いて横になっていた。

「何回も鳴らしたけど出なかったもので、上って来たよ」「いやー、会いたかった」「私も。来たくてもなかなか遠くなった。姪御さんがいるから安心して甘えているかも」

おばあさんの顔を懐かしいなぁと眺めた。すると、私の口から

「ばーば。お迎えが近くなったねえ」「あんたもそう思う。わしもそんな気がする」「それに、顔が小さくなった。仏様というより、可愛いお地蔵さまってあるじゃ、ん。そんな生き地蔵さんみたいになってしまったね」「あんたのお陰。これを見ていると、いい往生ができそう」

足元の方に額が置いてあり、指さした。二つの額には私の書いた字が【命に　過ぎたる　宝なし】【人に支えられて　今日がある】がおばあさんを見ていた。

「これを見て一日暮らすと心が休まるし、何も思い残すことないほどに命を全うした気がする」「たいした字ではないけど、気持ちが籠っているのかね」「どれほど救われたことやら。この意味が分かる人生でありがたかった」「先生のお手本を見て書いた字なのに、いいものがあってよかったね」「これを見せても、『ふ、ふん』で終わりの人もいる。そういう人でなくて良かった」「ばーば。胸の中に嫌な気持ちが残る人を寄せ付けないでね。曇るから」「大丈夫、あんたの顔を見ると治る」「それにしても、角が取れてしまって可愛いお地蔵さまだこと。手を合わせてしまうわ」「あんただけ、そんなにわしの顔を見てくれるの。褒めるしさぁ」「お世辞を言うほどの下心もないし、いつでも本音で話している」「それが一番だからあんたが来ると休まる」

九十五歳になったけど食事の支度も気長に作って、一日をのんびりと暮らす独り暮らし。夜は息子さんが夕食をご馳走になる毎日だから、生きる張り合いにも繋がる。

思い残すことが無くて、いつお迎えが来てもいいように、身なりも部屋もきちんと整理整頓してあった。それを全部自分でしたのか、近くに住んでいる姪御さんがするのかもしれないけど、長生きして、私のこの本を読んでからあの世に全うしてほしいと思っている。

栗

妹が栗を持って来た。栗はどこの栗よりも勝っていると食べるたびに思う。三袋も頂いたので、早速前のおばあさんに届けた。喜んだよ。口が肥えているから。その栗を日陰干しにして今日茹でた。冷めたころ合いに水を切った。暫くして十時のおやつ代わりに剥いてお父さんの前に差し出すと、パクパク食べた。

仔猫のアイが寄ってきた。栗など食べないと思った。小さくして広告の上のせた栗を、嘗めるようにして食べているので、『猫でも栗は逸品』って分るのかも知れないと妹の顔が浮かんだ。

みんなに上げようと一生懸命に、山の狩場みたいなところに拾いに行く妹が浮かんだ。

『ありがとうね。あなたの家の栗は絶品だよ。内ばかりで食べるのは申し訳ない気がする。だから、一番大事な人に届けるし、閃いた人に届けているの。ご馳走様ね』

注射

夜中に目を覚ますとお父さんが電話帳を広げていた。

「どうしたよ」「喉が痛くて、明日朝電話して耳鼻咽喉科に行こうと思った」「どんな風に痛いよ」「そんなこと言われても痛いものは痛い」

私の部屋に入って来て、腰を下ろした。口を開けたので覗いたけど見えない。移動しながら聞いた。

「いつから痛くなったの。どんな風に痛いの」「急に喉元がしかっと痛くなった」「それじゃぁ、この薬を口に入れて休んでごらん」「ほぉ」

と口の中に入れた。『一袋しか残っていない私の薬を上げてしまって、変な空気を吸って喉を締め付けられたら私はどうすればいい』不安が残った。次の朝、早速かかりつけの病院に出かけた。

診察カードを出しながら
「どうせ来るなら特定健診の封筒を持ってくればよかった。胃カメラの予約もしたかったし、朝ご飯を食べたから血液検査はダメだよね」「いいえ、大丈夫ですよ。持ちに行ってくれば特定健診が今日受けられます」「じゃぁ、持ちに行って来る」

予約制なのでいつもなら少ないお客様が、きょうは椅子もちらほらしか空いていなかった。それを察知して家に帰ったのでメガネと、本を二、三冊持参して椅子に座った。でも、待つ時間が長くて、時々外に出て足腰を伸ばさないと退屈過ぎた。

検尿が済み、呼ばれた。バックを置いて腕を出した。

「トンボでお願いします」「はい、承知しました」

まだ支度をしているだけなのに、目をつぶって待っている。注射嫌いにも自分ながらに呆れてしまう。

「血管の出るところは右手でしたっけ」「はい、ここだけ」

そこを消毒して
「はい、行きますよ」「いてー」

目を開けて針の先は腕には到着していなかった。この歳になるまでたったの一回だけ、「私はね。聖隷でずぅーと血液検査の処で血液を採っていたの。だから、そんなに緊張しなくても大丈夫。すぐ終わるよ」

その看護婦さんが一回だけすんなり通して終わった。あの時を思い出していた。

「はい刺します」「あぁー、うぅー。すごいじゃ、ん。一回で済んだ」

涼しい顔をして

「血管が良く開いていましたよ」「ええー、そんなことってあるの」にこにこしながら、次の支度をしていた。

七十二歳になるまでに初めて、すんなりと針が血管に入った。これって七十二歳の【開き直り】のせいですかねぇ。信じられないことだけど本当の話。

診察室に入った。

「お久しぶりです。よろしくお願いします。何か月ぶりですか」

パソコンの画面を見て
「半年ぶりだね。胃カメラの予約申し込みも十一日ですね。肺がんも専門家に見て頂いて結果を送ります」「本当は喉の薬を貰いに来たの」「一般診療になってしまうけどいいの」「いい、いい、あれがないことには何時喉がいたくなるか不安で仕方ない」「飲み過ぎるとダメだよ」「変な空気を吸って、喉が締め付けられたとき飲むだけだから大丈夫」

「はいそれじゃぁ」「先生。沢山の人じゃ、んね。無理しないでね」「ははぁ、ありがとうね」診察は終わった。

個人情報

燃えるゴミを出した帰りにアパートの人が通路に腰かけていて呼び止められた。

「お母さん。忙しい時に悪いけど教えて。郵便局に行って住所を言えばそこの家の人が生きているかどうか教えてくれる」「はぁ。……応えず用が無くて。個人情報ってあるじゃ、んね。多分無理だと思うけどね」「私も息子も調子が悪くて危篤だと言われても行かず用が無かった。あっちの嫁さんに聞きにくいも、んで」「人にもやさしく、自分にもやさしくすると、わだかまりが無くなって、今以上に自分にやさしくなるに」

話していたら黒猫ラブが私の処に擦り寄ってきた。

「此処に来たら、ご近所さんがやさしいに。ゴミを出そうと思うと、誰かれなく、手伝ってくれるもの」「あのね。遠回しに秋になって凌ぎやすくなったねえから、それとなく聞くと自然と向こうもこっちもやさしさが伝わりやすくなる」「ありがとうね。やってみるわ」

すると、何を思ったのか黒猫ラブは入口が開けてあったので玄関を超えて家の中に入ってしまった。玄関をまたぐので

「ねえ、ちょっと入れさせてもらうね」「どうぞ」「ラブちゃん。よその家に勝手に入ってはだめだよ。出ておいで。お願いだから」「昔ね、猫を飼ったことあるから平気」「黒い猫は福を呼ぶ。これからいいことあるに。自分にもやさしく、人にはもっとやさしく接すると」「忙しいのにありがとうね」「良かったね、良いことあるよ」

何日かが経った。すると、

「猫ちゃんのお陰でいいことあった。お正月用のお餅が赤い羽根共同募金から頂けるようになった」「へえー、それは良かったね」「猫ちゃんも毎朝顔を見せにこの通りを通って立ち止まってくれるから幸せを頂いている」「家のラブも少しはお役に立っているのだね。やさしくしてくれてありがとう」「こちらこそありがとうだよ」

早朝から外に出て、いつの間にか【開き直り】人に擦り寄り、なぜなぜしてもらう気持ちよさをラブは身につけていた。

ヴォラーレは愉しく踊ろうよ

大型台風で日延べになったお祭りの催しにヴォラーレを踊ろうと張り切っていた。催しも重なり舞台の大きさによって多少なり振り付けも変えないと大勢でははみ出しかねない。台風の影響で本番前の練習が飛んでしまったので、一回だけお祭用のヴォラーレに頭の中がこんがらがってしまった。どんなかって思ってしまうよね。

お祭りの日に神社の近くに住んでいる大美建装さんに集合してメイクをしてもらう人は早めに、無しの人は五時半集合になった。みんな揃ったので工場の中を、神社の境内の舞台と想定して踊ろうとした。一週間前に一回だけでは並び順も忘れてしまった私は「私がここじゃあなかった」「えぇ、そうだっけ」「いつもは後だったけど、今回は前に並ぶ」「ぜんぜん、憶えていない」「あーぁ、練習が飛んじゃったもので」「誰もそうだよ。一度踊ってみると思い出す」振り付け担当の富永さんがやさしい声で「曲を回しますね。そしたら間違いも修正できますからね」

優しいうえにみんなを上手に纏めて教えるコツも長けている。全員がやさしいソフトの感じになった。十二人のメンバーが一度には出られないので前半と後半の部に分かれて踊り、フィナーレ

に「羽ばたき歌う　青く染まった空で　心はためかせて」で終わる。いつも楽しい雰囲気を醸し出す大美さんが
「ヴォラーレ　オー　オー」すると、みんな揃えたように「カンターレ　オー　オー　オー　オー」

「ごめんね。私が前だった。みんなで歌うと愉しさも増すじゃ、んね。見ている人はどうでも、私らが愉しければそれだけでも十分じゃ、んね。大美さんに合わせて、何しろ愉しく踊りたいね」

口を合わせたように「それが一番の目的」みんなの顔が一際輝いて見えた。

さて、本番前に衣装を着けると周りの人たちが目を見張った。毎年違った踊りですべてが手作りと知っているので『今年は何を披露するの。早く観たい』どこかの男の人が
「良くも息の揃った人を集まる仲間だなぁ。けなるいなぁ」

自分の出番にいそいそと舞台に向かった。

大美さんと阿部ちゃんが同時に私たちに声を掛けた。

「愉しく愉快に踊ろうね。声も出すだよ。声を出そうね」「はぁーい。わかりました」とかわいい声を出す人もいる。アナウンスが入った。ＣＤの曲に合わせて前の組の人たちが踊りだした。踊りだした瞬間から声を出し、自分たちも空へと舞いあがるように、本当に地上の星になっているような錯覚を起こした。舞台は終盤を迎えた。みんなで工夫して作った白のドレスに久江さんが工夫を凝らした髪飾りの紅い花。ピンクの布地をはためかす両手の羽根を思いっきり頭の高さ、肩甲骨ま

でが羽根と思い広げた。今すぐにでも飛び立とうとして、未来に向けて羽根を拡げた。『平均年齢七十の齢だってまだまだこれからさ。三方原バーバラは若さが勝負だ』元気に明るい声で開き直った。

「ヴォラーレ　オーオー　カンターレ　オーオーオーオー　フェリーチェディスターラッス」

と張り裂けんばかりに大きな声で歌うと身も心も軽くなり、みんなの顔も一段と華やかさを増した。全員が空を泳いでいる気持ちで愉快だった。

性格と体幹

自分で言うのもなんだけど私は素直だし性格も良い方だと思っている。そんな自分を自分が一番好きだし、誰にも負けないと、この人に会うまでは思っていた。

お父さんのゴルフ仲間、昔の取引先の仕事をしていた家に連れて行かれて、そこの奥さんに出会った。田舎の生れってこともあって似ているところも往々にあった。

しっかり者の奥さんに主人はべた惚れ（心底好きなこと）で、その話を聴いているだけで愉しくなり、愉快な気持ちに幸せを山ほど戴いたような気持ちで帰宅するのは毎度のことだった。義理の妹さんが病気になり最後まで介護をして看取った。何一つ愚痴もこぼさず誠心誠意尽くしている姿には頭が下がった。しばらく休んでいたゴルフを始めるというので誘われた。

お父さんは一緒にしよと急かすほど言うけど、今一その気になれなかった。ゴルフ道具もゴルフウエアまで全部揃えてくれるというのに、それでもうんと言う返事ができなかった。先ずは太かった。好きなことをすればストレスも発散してサイズもダウンする。またファションにお金を費やす。ただでさえ食べさせてもらっているのに、そしてまた贅沢にゴルフ迄なんて、私には許されないことのような気がした。裏の畑の草取りと野菜でも作っていればそれで充分幸せだと思っていた。

友達はゴルフがめきめき上達しわずかな間にシングルまでになり、毎週新聞のみんなのスポーツゴルフの欄にベスグロ友達、優勝友達が毎週載っている人になった。ゴルフしなくても阿吽の呼吸で直ぐに気心の知れた友達になり、無くてはならないかけがえのない人になっている。

固定電話に出たら友達だった。

「あのさ、借りた本あるじゃ、んね。返しに行こうと思って。お礼をしなくてはと思って。何が欲しいか言って」「何にもほしくないよ。それに買って来てまでして貰いたくない」「そいでも何か欲しい、ら」「何もいらない、顔は見たい。それじゃぁね。この前貰ったキュウイはまだある」「あるある。そんなものならいくらでもある。屑でもいいの」「キュウイを欲しい」「それじゃぁ、じき（もうすぐに遠州弁）に行く」

チャイムが鳴りキュウイを果物の籠に入れどっさりと持って来た。

「こんなにいい本を読ませてもらってこんなものでは申し訳ないじゃ、んね」「いい、いい。これが欲しかったから何よりだ、に」「本当、よかったやぁ」「まだブドウがなっているけど食べる」「うん、うん。食べる、食べる」「屑だ、に。良いの」「屑でも甘い」

脚立に登って採っていたら
「のっぽだね」「あなたほどではない。私らね。山桃の木には登れないもの」「う、ふ、ふふふ。まぁね」

二人の様子を見ていたお父さんはにこにこ嬉しそうな顔をしていた。
「ねえ、この頃ね、困ることがあるの」「なによ」「直ぐにお父さん高い所に登って庭木の手入れをし出すのよ。この前ね、手を切ってゴルフを一か月以上休んだのに。また、高い所に登ろうとするじゃ、んね」「言うことを聴かんね。飲むなと言われれば余計に飲むものね。やるなと言われれば余計に上る。しょうがない年寄りを抱えたものだね」
それを聴いていたお父さんはけたけたと笑い出した。そして
「飲むなと言えば余計に飲みに行くのか。俺も言われると余計にしたくなるものさ」「男の人はそんなものなのかね」「今度また本を出そうと思って私に投資してって言ったら、何て言ったと思う。売れない本には投資できないだって」「しょうがない人だね」「一冊や二冊で売れたら天才か親の七光りじゃ、んね」
お父さんは顔の前に手を出して
「こいつはまっしぐらの向こう見ずで前ばかり見ている。振り返ることを知ら、ん」
「お父さんは自分が死んでしまったら私のことが心配で仕方ないじゃ、ん。それだから、生きているうちに安心して貰わないと死んでも死にきれないじゃ、ん」
本音を突かれて黙ってしまったお父さんに
「仲良く暮らせる人に巡り合ってよかったね」

にっこりと笑って、お父さんの顔を覗き込んでいた。お父さんはまんざらでもない顔をして、知らぬふりをした。

朝食

時計を見ると七時半なので飛び起きた。ここまで長く寝てしまうことは滅多にないことなので自分でも呆れかえってしまった。居間に電気が付いていたので
「いやー、ごめんよ。寝すぎてしまったじゃ、ん。起こしてくれればいいのに」「俺も今起きたばかりだ。やぁ、始まるぞ。それからにしよ」「そんなことしていてごらん。朝ご飯がお昼になってしまう」
急いで炊事場に立とうとしたけど、味噌汁に入れる野菜が足りなかったので外に出た。
我が家のみそ汁は実だくさんのみそ汁なので汁などほとんどなく、根コンブで出汁をとり酒ガスと岩手の鉄は必ず入れてある。根コンブもこの頃では細かく刻んでしまうと粘りが存分に出てくることに気がついた。里芋を入れ、舞茸、大根と葉っぱも加えて、お揚げにワカメと凍み豆腐わずかな漁醤と黒酢を加え、最後に味噌を入れてできあがり。なのに、この頃では卵を入れてくれと言うので卵が入った味噌汁なので汁椀が山盛りになってしまう。納豆にしらす干しを入れオクラと葱を入れる。辛子にたれを入れ黒酢とエゴマ油をスプーン一杯入れれば出来上がり。

もう一つの器に家でつくるヨーグルト。その中にチアシードと甘酒。酢漬けにしたクコの実ときな粉にココアパウダーが入っている。漬物はキュウリのぬか漬けで今でも裏の畑で採れる年も珍しい。朝なのによく入るなぁと思うけどまだ給食用チーズにヤクルトが毎朝の定番メニューである。飽きることなく毎日繰り返し食べている。飽かないのが不思議と言えば不思議かも。一つ文句を言われたよ。

「オクラは飽きた。俺の中に入れるな」なので、畑のオクラも根元を倒して横になっている。

「お待ちどう様。できましたよ。アイちゃんは猫ハウスに入れてきてね」「おぉ、アイ、父さんはご飯食べに行くから、此処だぞ」

テーブルに座ったお父さんの一番の声は

「夕べテレビで見た朝ご飯みたいだなぁ」「焼き魚の鮭が無いよ、あるから焼く」「一日の中で一回魚を食べれば朝でなくてもいいよ」「お父さんの処にいるからこれだけの食事が取れるけど、独りで暮らしていてごらん。質素も度を超えて偏り過ぎるかも知れない」「そういう俺だって、独りだとコンビニの弁当で、こんなに元気には八十迄ゴルフもできなかったかも知らん」「お互いに良ければそれでよいとしないと」「おぉ。ご馳走さん」と湯呑に入ったお茶を持って居間に移動した。

姉が浮かぶ

昨日浜松の街に出た。バスの時間を見たら二十分の余裕があったので遠鉄百貨店まですっ飛んだ。目指すところは魚屋さん。百貨店だけあってお魚が特別においしいと食べた味覚から思ったのですっ飛んだ。早足で一通り目を通した。高いけどなるほどなぁと思った。そんな高級品は手が届かないよ。私が目をつけたのは鯛の粗、そのお隣に宮城の白鮭ってあったので手が伸びた。『鮭の皮に栄養がある』を夕べのテレビでそこだけを見た。それと友達の久江さんの口癖が私の中を過った。『生鮭があるじゃ、んね。それをね、アルミ箔を敷いて、その上にエノキとか舞茸とお野菜になどバターをのせるとお父さんの好物で喜ぶ。一度やっとみて』（試してみるか）

タイの粗と白鮭を手に持ち、此処でしか買うことのできない顎出汁を一袋手に持って素早くレジに並んだ。トビウオの出汁は上品で他の調味料がほとんどいらず、顎出汁の中に塩分がないので助かっている。先ず湿けない。素材だけの調味料は此処の百貨店だけで販売しているように思う。

あくる日の昼食に早速アルミ箔を敷きバターを置いた。脂ののったお腹の処、胸元の片身を並べて舞茸と、クコの実の酢漬けをのせ、畑に飛んでいきガーデンレタスをちょんちょん刻んでとろけるチーズをのせて、厚めの鍋に蓋をして居間に戻った。

「サツマイモ掘っていてね。遅くなってしまうけどもう少し待っていてよ。あれが蒸し終わったらお昼になる」

ソファに座った。お父さんの胸元で静かにしていた仔猫のアイが私のところに飛び乗った。そして、ぺろぺろと私の手を嘗めだしたので
「魚だからきれいに手を洗ってきたのに。まだ匂うのかね」「猫だから、仕方ないさ」「ねえ、アイちゃん、止めてお願いだから」

なにを言っても聞かない。ただひたすら手を嘗めまくる。それだけ鮭も美味しいのかもしれない。

炊事場に来ないように戸に筋交い棒をして蒸しあがりをみた。お皿にのせて、ぬか漬けの大根とキュウリを切ってお父さんを呼びに居間に行った。近寄ってきた仔猫のアイをサッと捕まえて猫ハウスに入れた。猫だましにアイの好きなおやつのジェルを与えると夢中になっていた。

「お父さん。鮭の皮をいつも残すけど、そんなことしたら食べるところが無くなってしまうからね」

「おぉ、わかって、ら」「久江さんとこは身のところを食べると思うけど、家ではこれくらい質素の物」「金持ちの家と違うなぁ」「電話して聞こうと思ったけど、ついつい端まで掘ってしまったもので、電話をできなった」「いい味だぜ」「そお、良かったね。美味しければ」「素材がいいとしか言いようがないいなぁ」

私も口に運んだ。すると二、三日前に会った姉が浮かんでしまったので
「ねえ、お姉さんが食べたら栄養満点だろうにねぇ。近くに住んでいたら直ぐにでも届けてあげるのに、それだけが悔しい」「夏の栄養不足がなぁ」「お父さんの処に来て、こんな栄養があるものを召しあがることができて、感謝を忘れてしまったらとんでもないよね」
何も言わない。
「粗だけあって、骨が多いなぁ。カニと粗はものが言えぬって言うぜ」「それはどういうこと」
ジェスチャーで
「カニはむしゃむしゃと夢中で食べ、粗はこうやって骨を拾うじゃ、んか」「遠鉄百貨店の物産展でお弁当を買ってきたときよりも、きょうの鮭のほうがいいなんて、私もよっぽど貧乏人かねぇ」「おまえは工夫をするじゃ、んか。それに勝るものはないだけだ」「あぁ、そうですか。有難うございます」
何か一つ作るのにも工夫を施せば、次から次へと家庭の味が誕生する。主婦歴何十年は定年過ぎた老後に、閃きと若さを与える副産物になり活かされていると思った。

お刺身

冷凍庫も空っぽに近くなったので二人で買い物に出かけた。お父さんはほとんど店の中のものを見ながら散歩をしている。入ると直ぐにバナナとリンゴを籠に入れたお父さん。並んで歩いていたら魚屋さんの前の大きな魚に二人の目は釘付けになった。

「ねえ、あすこのでかい魚は何だと思う」「おぉ、でかいなぁ」

二人の足は早足になり一目散になった。

「お父さん、ハマチだって」「旨そうだなぁ」「お父さん、こっちに京都産のヒラマサだって、どっちがおいしい」「俺はハマチ」「私は京都産のヒラマサ」「ハマチが旨そうだ」「私はこっちのヒラマサ。じゃあ聞いてくる」

厨房を覗いて
「すみません。教えてください。ハマチとヒラマサではどっちがおいしいと思いますか」

「ヒラマサがいいと思う」「ありがとう」

お父さんの処に飛んでいき

「あのね、こっちが良いみたいだに」「そうか、旨いに越したことない」

バットに入れて厨房に行き

「半分はお刺身に、半分は切り身にしてください。粗も下さい」「切り身はどのくらいの大きさですか」「あまり小さいのもなんだから大きめに切っても大丈夫」

総ての買い物を済ませて側にいるお父さんに

「お父さん。一枚しか入っていないの。足らなかったら頼むに」「おぉ」

会計が済んだ。『何でこんなに少ないの』お父さんは買い物かごをカートに乗せてすいすいと車に向かって行ってしまった。後からひょいひょい歩いて行くと後ろに乗せようとしているお父さんに間に合った。そして、気がついた。

「お父さん。魚を貰ってくるのを忘れた」「金はあるのかよ」「うん、大丈夫。車に乗って待っていて。直ぐに来るから」

すっ飛んだ。

「忘れて帰るところだった。食べようと思って気がつくくらいだった。車に乗る寸前で助かった」「はぁ、そうかね。良かったね」

と言って番号札を渡して魚を受け取った。レジも直ぐに終えて帰宅した。

お昼は刺身なのでもう一働き薩摩芋を掘った。掘っても延々と続く薩摩の畝の長さ。ほとほとまいってしまうよ、歳だから。そんな気持ちを吹き飛ばすように京都産のヒラマサが私の前を過る。旨いだろうなぁと涎でも出てきそうなほどに私の前を掠っては消え、過っては掠っての繰り返しだった。薩摩堀は草臥れるので何か他のことを考えないと耐えられない過酷な仕事に等しい。ヒラマサのお陰で道路わき迄きょうの分は掘り終わった。やれやれだよ。

さてお昼ご飯、太くなってしまった自家製大根のツマを適当にのせ、片面全部のヒラマサを適当に切って大きな器に盛りつけた。箸で運ぶヒラマサが今お父さんの口に入ろうとしている。『どうか、私が選んだほうが旨くありますように』

「おぉ、歯ごたえあるし甘くて美味しいぜ。これはいけるぜ」「良かったねえ。美味しいお魚にありつけて」「刺身だけで腹がいっぱいになりそうだぞ」「換算したら安いよね。まだ何回も食べられる」「あと何回だよ」「おおざっぱだけど三回かな」「ほぉ。残りを全部食べてくれ」

えぇこれを全部、のっぱめそう（喉に閊えるほど遠州弁）だと思ったけど、甘くて口当たりがよく、一口、二口、三口パクパクと口の中に消えてしまった。

蓮の花

東側の道路に近い所のさつま芋を掘っている。歩いて通る人もまばらにいる。大体の人は声を掛けて通り過ぎてゆく。隣の家に用事があってきた人が私に会釈をした。

道路際の近い所に芋ほりも近づいてそろそろ終わりに近い頃だったので手を休めて腰を伸ばした。するとその女の人は私の側に寄ってきた。

「お大根ってある」「うん、あるよ」「今ね、戴いて来たの。なかったらあげようと思って」「ありがとうね。家も食べているから大丈夫。お芋の鍬傷とか持って行く」「いいの」

「いいよ。片付くから貰ってくれるとありがたいに」「一杯屑があるから分けてくださいって言うのに、お金を払うと言っても分けてくれない人もいるよね。そういう人が多いに」「売る人の身になれば理にかなっている。そんなものを上げたら商品の物が売れないと思うじゃあないの」「あなたみたいな人に会ったことないに」「そんじゃあここら辺の人は、私ら捨てるより良いと思って隣近所の人に分けて歩いているに」「私からしたらあなたは珍しい人になる」「そんなことどうでもいい。存分に持って行って」「私の苗字が　どうもおかしいのかねぇ。池とか沼にひき釣りこまれそうな苗字で、どうも鬱になりやすい」「そんなぁ、池や沼にはあんなにきれいな蓮の花が健気に咲いているじゃ、ん。あれを見て誰でも感動するじゃ、ん。蓮の実だってすごいじゃ、ん」

するとと、顔がぱぁっと明るく輝いた。

「そう言う見方もあるのだね。ねえ、また顔を見に来ていい」「いいけど、火曜日と土曜日は趣味を持っていて練習に行くから留守が多い」「アポを取ってから来る」

メモ用紙に勝手に電話番号を書いて帰った。

次の日農協で子宮がん検診、子宮頸がん検診があり、歩いて出かけた。十時に終わったので、すぐに畑に芋ほりに出かけた。すると軽自動車が側に泊まった。昨日の人で
「ごめんよ。お昼前に片付けたいと思うの。話すのに手を動かしていてもいい」「いい、いい。どうしても顔を見たくなったの。昨日ね、蓮の花の話をしたじゃ、んね。私の蓮の花は蕾で開かないの。もう一度手を握ってもらえたら開くのかなぁと思って、家にいるより出たほうが良いと思って、さっき来たけど検診に行ったって言うから他に寄って帰りがけに寄ってみた」「そう、ありがとうね。蕾もだんだん開くから大丈夫。自分のことばかり考えずに周りの人たちにも気配りができるようになると少しずつ膨らんで見事な蓮に変身するから楽しみだよ。お芋も掘り終わってしまったから、それでは握手をしようかね。こんなに私よりあたたかな手をしているじゃ、ん。心が温かな人じゃ、ん。蓮の花はきっと咲いて、気持ちが楽になる」「本当にそうなる」「なる、なる。きっと咲

くから大丈夫」

きょうは見えないから自分の心の花が微かに膨らみだしたのかもしれないね。

『神様に通じるとしたらあの人の心に蓮の花を膨らませてあげて。全部とは言わない。僅かな手助けをお願いしたい』

後に、私も「八葉蓮華」の法話の意味を教えて頂いた。もしも、会う機会があったらこの法話は人生の教訓になると思うので聞かせてあげたかった。

蓮の花が咲くと同時に実ができているように、誰もが仏様になる性質をそなえており、内なる神をちゃんと育てている。

泥の中にあって泥に染まらない清浄無垢な心。

一つの茎に一つの華をつけるように、欲に乱されず本当に大切なものを見失わない。

蓮の茎からできた糸で敷物や着るものがつくられるように、慈悲の心で相手を思いやることができる。

蓮の根である蓮根は食することができるもの。自分の身を差し出し、相手を生かす気持ちをもつ。

蓮の葉の上の水滴が玉のように落ちるように、執着も心から解き放たれている状態。

蓮の実は薬として利用することもでき、苦しんでいる人の苦しみを自分のことのように受け止め、助けとなろうとする在り方。

仏様が立たれたり、坐られたりする台のように、尊い境地にあることを示す。

現世に生きてこれだけのことを全部しようと思えばあの世に手が届きそうな齢嵩になってしまう。だけど、要したもので、こんなに詳しくなくても幼い頃からの育て方、躾などで自然と身についているのも有難いことだと思った。

焼き芋

お百姓も今年限りで終わりにしたいと自分で決めている。それでは、その後はどうするかは未定だけれど、ぼちぼち止めたくなった。なので、今年のさつま芋は大盤振る舞いをしてもいいかなって思った。

先ずは屑芋を片付けた。一輪車に乗せたさつま芋を一軒ずつ不公平の無いように玄関に置いた。時間も早いし起こしては気の毒と思って。山ほどのさつま芋はあっという間に空になった。いつもご相伴して下さってありがとう。

月日は過ぎ畑の隅に置いた薩摩もほどよく甘みを増したと察知した。

先ずは試しに焼く。一回に焼くのは二十本くらいになるけど、薪で燃やすので側で見ている手間暇も馬鹿にならない。煙突の掃除もそそっかしくて、煙くて仕方がなかった。

『こんなときに嫁ぎ先の義父が無性に浮かんだ。義父が側にいたらなぁ。明日の段取りを伝えたものなら、先に立って煙突掃除もしただろうに。義父と実父から教わった（段取り六分仕事の四分）父からは耳にタコができるくらい躾けられた、義父も口癖のように呟いているのを耳にした』だからといって、皆が皆実行しているとは限らない。(馬の耳にも念仏) 呟いたところで語るに落ちる女房もいるのかもしれない。

私から見たら二人は甘えていた。女らしくしていたら、それで治まった時代とも言える。明治生まれの毅然さが消えた瞬間ではないかと他界した父母、義父母が浮かんだ。

煙たくて目を擦ってばかりいるのに、煙の中から三才まで私の世話をしてくれた祖母、嫁ぎ先の祖母である伯母、高校生の時に出会った銅鐸のおばあさん、隣の畑にいつもいたおばあさん。父の姉である伯母などが私の前を掠っては過りを何度も繰り返していた。

そんな毅然とした生き方をした人の魂が籠っているのかもしれない。焼き芋は芋全体に蜜が回り、ねっちりとした甘さ、くどくもなくホンワカとする幸せのこもった焼き芋に仕上がった。コンテナ二十個のさつま芋は暮れまでにほとんど終わりに近づいた。

ご相伴して下さった皆様お礼が言いたい。よく食べてくれてありがとうと。

偶然に会った叔母さん

姉から電話が入った。

「乃子、あんたさぁ、きょう用事ある。日赤に行くけど、この前に先生が独りで来たの。付き添いはって言われたの。あんた、用事ある」「別に、お父さんのお昼のお惣菜を作れば、いつでも時間は空くに」

「それなら十時半に来てくれる。私もタクシーで行くから」「はいね、必ず行く」

お昼のおかずを作った『テレビのニュースで高齢者事故の多さに人は乗せない』と決めて二年くらいは経った。『きょうは姉を乗せても大丈夫。事故など起こす歳でもない』って気がした。なので、姉の晩の惣菜も一緒のものを作った。すると、携帯に
「乃子、あんたさぁ、もう診察終わってしまったに」「えぇー、今家を出ようとしているところ。それに、お姉さんの晩ご飯作ってあげたのに。どうするよ」「もらう、もらう。ここで待っているから来て」「はいね。焦らずに行くから待っていて」

十時に家を出て三十分前には到着した。

「ごめんね。着いたらすぐに予約時間より早く呼ばれたの。まだ会計が済んでいないのであすこで

してきて」

明細表とお金を私に渡した。清算が済んで戻ろうとした。すると、清算の列の中に懐かしい人が車椅子に乗って従姉妹がその後ろに付き添っていた。叔父の連れ添いで、見た途端に勝手に足が素早く動いた。

「叔母さん、私わかる」「いやー、乃子ちゃん会いたかったわ。なによ、きょうは」「お姉さんの付き添いだけど、遅れてしまって。叔母さんはどうしたの」「脳梗塞で半身まひに。ここに私に合った機能訓練士さんがいるもので、娘に頼んで来て貰っている」「お姉さんに会って。喜ぶに、きっと」

叔母さんも、姉も懐かしくて嬉しくて涙をためていた。諸々を話している。

私は従姉妹が気になった。大事な時間を割いて、時間刻みに動いている手芸の先生。

「ねえ、大丈夫、時間」「大丈夫じゃあない。そんなに時間がない」「わたしがさ、この二人の様子を看ているから、車をそこまで持って来て」「いいの」「いい、いい。今この二人を離したら一生後悔するもの」「ありがとうね。頼むね」

車をつけた玄関に叔母さんを連れて行き、従姉妹にもお礼を言った。

「お母さんのことありがとうね。叔母さんも心強いと思うよ。あなたがやさしいから。これからも頼むね」「乃子さん、自分事みたいにありがとうね。励みになります。ありがとうございます」

車が消えるまで見送って姉の処に戻った。

姉は律儀

薬局で薬を貰い車は阿多古街道に向かって走っている。久しぶりに走る阿多古筋は懐かしさもあるけど、昔話の竜宮城ではないかと思うほど過疎化は進んでいた。

「携帯が真っ黒になって中に入っていた電話番号が消えた。上石神に住んでいるT子さんだけは知りたいけどねぇ」「私も会いたいなぁT子さんに。渋川の人で渋川の伯母さんみたいに温かい人だね。連れて行ってあげるに」「いいの」「いい、いい。私も会いたいもの」

上石神に着いた。来客中だったのでわずかしか話せなかったけど、携帯の電話番号は聞くことができ、ほっとした姉の顔が印象に残った。

夕方になると姉は律儀な人でお礼の電話が入った。久しぶりでこんなに美味しいものを食べた。全部美味しかったに。たいしたものでもないのに涙を流しているように感激した声になっていた。どんなものかと思う、ら。（サバの味噌煮、大根の葉を胡麻和え、漬物は糠漬けの大根と胡瓜）たいしたものでもないのに、それでも、大げさに「久しぶりでこんなに美味しいおかずを食べて、食べながら涙が落ちてきたに。ありがとうね」

その電話の声が食事の度にどこからともなく聞こえて、お父さんと「こんなものをお姉さんに届けてあげたいね」が口癖になっていた。そのくらい、姉の声が頻繁に聞こえてきた。まさか、これが最後とは誰も知る由は無かった。

五日の命

日にちは過ぎ甥っ子から電話が入った。

「内のおふくろだけど、医大に入院した」「どうしたよ」「急に足腰が思うように動かなくなったもので」

すると、お昼頃に上の姉の携帯なのに、豊明の叔母の声が私の耳に飛び込んできた。

「あのね、此処まで来てあなたに黙って帰るなんてとても無理だから、電話をしたのよ。今、三方原聖隷病院にいるの。義兄さんの見舞いに来て。一緒にいるのよ、あなたの姉さんも」「へぇー、そこにいるなら今、迎えに行く。下で待っていて。バスが止まる所か、車が見えるところにいて、すぐに行く」

聖隷病院に着いて車に乗せた。

「どこかで何か食べないと」「あのね、赤飯の下の方をおはぎにするの。それで良かったら、今なら食べ放題」「いいの。ご馳走になって」「いい、いい。いつも私が二つ食べて近所にご相伴してもらっている」「それでは甘えさせてもらうわ」「そのあとで医大に見舞いに行けばいいじゃゃん」「さっき、電話が入ったばっかりなのに。もう少し遅かったら名古屋の方に向かっていた」

お昼のおはぎも食べ、居間のソファで内の人、叔母と姉がのんびりとくつろぐ。その合間に洗い上げを済ませ面会時間になりつつだったので車で医大に向かった。

病室に横たわる姉の元へ叔母と姉が、私は隅っこで姪っ子の孫と遊んでいた。すると「原のおばちゃん。このご時世にね、いたずら盛りの三歳をどうやって躾けるの。男の子の扱いがね。叩いたものなら今風に言われかねない」「うーん、昔はお尻ならいいって、お尻に張りびんたしたけど、今考えてみたら、いつでも抱きしめる。あれに勝るものはないかも。今になって気が付いても遅いけど、あなたならいくらでもできるじゃ、ん。どんな感じになるか試してみて。心配になったらラインでも、電話でも」「心配でおばちゃんに聞いてみたかった。やってみるわ、怒るより抱きしめる。そのあとで考える。う、ふ、ふふふ」と男の子を抱きしめた。「ママ、離して。ママ」三歳になる坊やはまんざらでもなさそうな照れくさそうな顔をした。

私は姉の側に寄った。「乃子、あのね、五日の命だって」「そんなぁ、誰が決めた。五日ばかりだって。こんなに元気じゃ、ん」「それでも五日は五日」

言葉にならず、ただただ涙が止まらなくなった。手を摩った。『爪が伸びている、足もむくんでいる。合間にきて少しでもむくみを減らしてあげたい。だから、待っていて。私が爪を切るまで』手を摩りながら心の中で姉に話しかけていた。

家から医大は十分足らずなので、昼食をすませば手軽に行ける幸せに感謝した。一日目、フットコンディショニングですると足首摩り、みるみるうちに腫れが減って足をもちあげるまでになった。少し触ったのにガスが出たのでいい調子かなぁと思った。

「臭いガスじゃ、んね。漏れたらどうするの」「恥ずかしいけどオムツをしている。出せなくて、出たら気分が悪くてまいってしまう」「そこらにお漏らしするよりかましって気持ちを入れ替える」

「……そうだね、切り替えが大事。教わったわ」

次の日新聞紙と爪切りを持って行く。

「爪が長いから爪を切るよ」「苦になっていたけど手が届かなくなって。助かる、伸び過ぎたから」「だいぶ腫れも減ったから、また摩っていくね」「うれしい。飛んできてくれる娘に先立たれて」

涙がいっぱい目にたまっていた。こっちも涙もろいほうなので、涙を見せまいと、さっさと、そそくさと片付けて「また来るわ」って病室を後にした。

やっぱり、一番話良くて理解しやすい姉に先立たれるのは忍び難く切なかった。『何とかしたいどうしたら』そんな思いで合間に医大に出かけた。

すると、「どうしてもあげたいものがあるの。来てくれる」

夕方出かけると「いつも、世話のなりっぱなしで、何もいらないが乃子の口癖じゃ、んね。これだけは絶対に取ってよ」封筒を私に渡した。次の日

「昨日のお金ね、本を出すお足しにしたから遠慮なく戴いたよ」「乃子には何も返してなくて、欲しいものが無いって言うから、本の足しにしたなら良かったね」

「遠慮なしに貰っておいた方が、家を出るときも気兼ねなく出られて助かったに。会いたくなれば飛んで来る」スマホを出して
「これ見てごらん。もう直にクリスマスじゃ、んね。もうサンタさんはトナカイさんに乗って北欧を出発した」「優しい男の子の絵だね」「ねえ、この絵は」「まるで孫の絵、いつも絵ばかり描いていた絵にそっくり」

姉は六十代の現役に戻った気がした。話すことは現役で体が自由にならないだけのこと。だから話した。姉妹揃って豊明の叔母の近くの曹源寺の大根祭りに行ったこと。豊橋の駅で私に知立の餡巻を持たせてくれたこと。今は一人で叔母の処に行く。すると、姉が閃き、『姉に返さなくても私の友達でもお返しすれば』の心の声に「はい、叔母さんのお土産」って、あっちこっちの近回りの友達に帰り道に渡して歩いて帰るのが当り前になっている。在所に行くときはいっぱいお惣菜を手作りして、和代さんのお父さん、昔父と仲が良かった連れ添いのおばあさんの分を容器に入れた。お腹がいっぱいになるまで詰め込んだこと。キリがないほど話した。

何の因果かバウンドテニスで肉離れを起こしてしまい、苦になるのに医大に行くことができなく

なった。すると、甥っ子から「遠すぎるもので、近い所の鈴かけ病院に移った」電話が入った。

　肉離れも軽く済んだのに、信号機が点滅し出したので、いつものようにダッシュした。すると、前足を出した途端に激痛が走った。『本当に頓馬。馬鹿じゃぁないの。普通の人はしない。齢を考えろ。その齢くらいになれば立ち止まるのに、本当にあなたって人は』呆れてしまった心の声が厳しくもあり、やさしさも入り混じって囁いた。

　一ヶ月以上は炊事洗濯のみで、ラッカセイを掘りたくても手も足も出なかった。内の人が掘る、手伝いもしないのに口を出したら悪いと思った。

「なぁ、カラスが一生懸命拾っている。利口だなぁと思ってさ」

　いくら何でも一生懸命に無気になるカラスのラッカセイの掘り方って、どんな感じか畑を覗きに行った。

　ラッカセイは横に拡がり花が咲き棒状の茎が土の中で実をつけて落花生となる。なのに、根元をちょこちょこっと掘って終わりだった。畝幅を広くして作った落花生の実の着いた茎があちこちに目外れみたいに残っていた。カラスは飛んだり跳ねたりの大喜びになったわけ。仕方ないかと黙って見過ごした。

近所の子供のサンタさんのプレゼント

何かを作っていると、無性にただ閃く人がいる。家から出られない日はそれとなく電話する。「あのね、こんなものを作ったけど、あなたのことばかり浮かんでは過り、霞んでは消える」「欲しいわぁ、食べたかったの。子供も私も」「忙しいのに良いの」「子供が行きたいって」

十分もしないうちにお子さんとお母さんが自転車に乗ってすいすいと走ってきた。

「ごめんよ、忙しいのに」「そんな、そんな。それに、子供がね、見せたいのだって」「えぇー、すごいじゃ、ん。大きくなったから自転車も新調してもらったの」「おばさん。これね、スウェーデンからトナカイさんが家まで届けてくれたの」「えぇー、すごいじゃ、ん。大きくなったもので気を利かしてサイズに合った自転車を玄関まで届けてくれたのだね」「朝起きて外に出たら、私の気に入ったこれがあったものでうれしかった」「良かったね」

照れてしまって、お母さんの側に張り付いてしまった。私も十一月一日に届いてダウンロードしたトナカイさんの絵が妙に苦になりだした。

二、三日後裏に新築した若いお母さんが玄関でチャイムを鳴らした。

「いつもお野菜ご馳走様です。休みなので子供とクッキーを作っていたら、どうしても焼き芋のおばさんのクッキーも作ってあげたいって。だから、届けに来たの」「えぇー、ありがとうね。まるでクリスマスプレゼントみたい」「そのつもり。仕事でクリスマスに間に合わなくて」「ありがとうね。頂くね」

女の子がにっこり笑った。雨が降っていないのに傘をさしていた。『は、はん。ママのプレゼント。サンタさんのプレゼントを見せたくて来た。見たよ、ありがとう』「すごいね、サンタさんのプレゼント。可愛いハートがついているのだね」「おばちゃん。ママがクリスマスプレゼントに買ってくれたの。一番お気に入りのこの色の傘」「かわいいね、すごく似合っているに」「この子、おばさんに見せたくてお邪魔と思ったけど、ありがとうございました」「こっちこそ、気持ち良くさせてもらいました」

ピンク色の傘をくるり、くるりとゆっくり回すとハートの形がうれしそうに、（幸せなのよ、堪らなくしあわせ）と微笑んで家の庭を抜けた。

私は家に入り居間で内の人と、今の様子を話しながら、クッキーの包装紙を解いた。すると、クリスマスの日にダウンロードしてあったメールの入れ物にそっくりな箱だった。スマホを開いてゆっくりと眺めて見ようとした私が生まれた。そして、粋な計らいは続いた。お仲間で作ったクリスマスツリーには真っ赤なハート型まで届ける粋な計らいが。その後もまだすごいことが続いた。

私は照れ屋だし、この齢になって気恥しくて、素直な心で受け取れなかった。

もう二か月も過ぎてしまったけど、今の私なら素直に「ありがとうね。とても幸せでいっぱい」と、心を込めて波長を送る。届いたかなぁ、多分、きっと届いている。

姉のモールス信号

肉離れも近所の整体大地の山口さんのお陰で、肉離れと同時に体の歪みまで取り除いてもらった。すごいなぁと思ったことは足が異常なほど痛い夜に『嘘か真か、うつ伏せに寝てごらん。動き過ぎに歩き過ぎ。また肉が離れそう。ちょっとは休んでね』と遠隔治療を施されたこと。用事があって家に来たときに聞いた。

「二、三日前に私の夢を見た」「見た、見た何度もあった」「あぁそれで、私の足を」「私は産婆でしょ。だから、お母さんになる人はいつも生まれるときに私が側にいてくれたって、よく言うに」

姉のいる病院に私の息子と一緒に出かけた。運転も歩行距離にも自信がなかった。横に乗っているだけなので気楽、歩く距離は今一かなと思いながら病院に入った。乳飲み子の頃に祖母が退院するというので、その前に大掃除をと乳飲み子である息子を姉の家に預けること一週間くらいあった。それくらいに大きな家でもあった。まぁ、働く要領も今考えたら下手くそだったかもしれない。息子はそのことを誰とはなしに語り継がれていたので、他の息子に比べてみたら甥っ子とは兄弟のようなお付き合いをしているのかもしれない。

私もその恩だけは忘れてはならないと思っている。姉は息子を見ると、病人ではないくらいによく話した。それも、まともな話ばかりなので、息子の方が『これで病人か』と思ってしまった。私も自分で運転して行く自信がついた。

でも行くたびに少しずつ衰退していく姉も看る羽目になった。気兼ねも無かったので反対側に回って、姉の手をやさしく撫ぜながら「お姉さん、この世の死はね、あの世に行くための誕生なのだって。あの世に入れば（おめでとう）って、お祝が待っているそうだよ。お祝されるような死に方、この世を全うしてよ」「ありがとうね。五日の命がここまで伸ばして貰って、全部息子にして貰ったから全うできる」「気が利く息子だね」「そりゃ、娘に先立たれて、相談する人もいなくなり、あの子なりに辛い思いもしたと思うよ」「何も心残りなくあの世に旅立つ気持ちだったら言うことないね」「うん」

気が向けば出かけた。その後に危篤の連絡が入った。個室に移り行っても眠ってばかりいる姉の額に般若心経を唱え、理趣経、観音経まで唱えても誰も来ない個室。人がいなければしめしめと思った。いつもの通り小声で姉の魂に届くように祈りながら

「お姉さん。嫌なことでも有難う。怒れてもありがとうございます。嫌だなぁって思ってもありがとう。嬉しいことも愉しいことも、楽なこともそうじゃ、んね。何でも有難うって受け入れる、解った」「……返事はないけど」私はそればかりを繰り返した。

年が明けて令和二年一月二日お年賀に来る人たちの支度も全部支度をしたので病院に出かけた。誰もいなかった。時々看護師さんが来るけどあとは誰もいない。いつもの通りに額に向かって手をあて般若心経から観音経まで済ましした。反対に回って姉の手を摩ろうとしたら、姉が私の手を下にして、指先に力を入れて痛いほど【ギュギュ、ギュギュ、ギギュ、ぎぎゅ】ひっきりなしに帰るまでしていた。その間に看護師さんが血圧を測りに来た。

「朝はね、測定不能だったのですよ。今は病人の正常に戻っている」「今朝は測れなかったの」「ええ、本当に」

そんな話をしていても、姉は私に爪をたてて『痛い、そんなことしたら私の手に爪痕が残る』何かを知らせていた。

帰り道夕日がまぶしすぎて見えなくなり視界が真っ黒になった。何が起きたかなんてさっぱりで、目を開けたときに車が槙の囲いに止まっていた。周りを見ても大した事故でもなく車も殆ど無傷だったのでバックしてハンドルを切った。落ち着いて周りを見たけど、事故に巻き込んだ人も物損も無かったので、ゆっくりと落ち着いて家に向かった。

次の日箱根駅伝を見てしまった内の人が「行くぞ」で車を逸らした現場に行った。

「ここかよ」「うん、ここ」「本当にここかよ」確かにそうだけど影も形もないほどの粗相だった。やれやれ、これでやっとぐっすり休めると思った。

その二日後に姉は旅立った。正月明けということもあり、葬儀場は込み合って、葬儀は八日になった。通夜の夜に姉の同級生が相乗りで来て下さった。久しぶりで会う人の年数を数えたら、生まれた子供は番茶も出花を通り越して、二十四年の月日が経っていた。竜宮城から帰り、玉手箱を開けた煙の向こう側に【こんな月日が経った絵】が私の前に広がった。

上石神のT子さんも娘さんと来て下った。私は先ずはお礼を言った。すると、

「乃子さん、ありがとうね。あなたが高齢になったから人を乗せないって。なのに、家に来てくれて。電話番号がわかって、毎日電話をして過ごした。ありがとう」「お姉さん危篤なのに、こんな感じに指に力を入れて何かを伝えていた。何だと思う」「出なくなったから、息子さんに聞いたら危篤状態だって。私とこんなに沢山話す機会があったので、命が尽きる思いでありがとうって伝えていたと思う」「そうかもね。お姉さんT子さんと話せて、幸せだったと思う」「私の方が幸せな気持ちになっていた」

甥っ子は同級生なので、楽しそうに同年代の話に華を咲かせていた。御通夜なのに、御通夜とも思えないほどにふんわりとした空気が式場を漂わせていた。(こんな御通夜初めて)そして、そんなふんわりとした姉のもち肌のような柔らかな葬儀が終わった。

日々は過ぎメールが届いた。知らぬ間にあなたに手紙をしたためていた。手直しも必要かとも思

いましたが、そのまま送ります。メールを見た私は「お姉さんありがとう。素直な気持ちをありがとう」って、涙を流しながら読んでいる自分がいた。姉のような人のメールを思い出しながら床につくと、他界した姉が指で押さえて送った「ギュギュ、ギュギュギュ。ギギュ、ぎぎゅ」はモールス信号だと気がついた。

「乃子、ありがとうね。五日の命を二か月も延ばしてくれて。あのやさしいトナカイさんの絵。孫みたいに可愛らしい絵で生き延びることができた。悔いなくあの世に旅立つ幸せを戴いた。ありがとうね。乃子は私と違い、何事も真っ向から立ち向かう勇気を持ち合わせている。これからは、その誰にも持ち合わせていない勇気、チャレンジ精神を活かして生きないよ。失敗しても何度でも挑戦して、人には出せない自分だけの味を醸し出す。物や人もそうじゃ、んね。誰もしないし諦める人の方が多い。それは祖父母や父から受け継いだあなたの人徳。そこを上手に伸ばしなさいよ。乃子なら諦めずに成し遂げる強さがある。そういうのを、いつも側でみていたから、すごいなぁって。ね、だからこれからも、丈夫な骨格の体形をふるに活かした生活をして。それが凍えてしまいそうな未熟児の宿命だと悟りをひらく」

私は変わった。本当の自分って「何者」を追究し出した。三歳の時祖母が亡くなり、祖母に懐いて育ち泣いてばかりいる私を祖父は膝の上にのせ、昔話のような現実味を帯びた話を聴いて育った。

祖父の昔話はいつも来るメールの中には詰まっていた。何の抵抗もなくすーぅと吸い込まれていくのを自然体で受け止めている自分に気づいた。姉はそんな私を知っていたのかもしれない。『あの世に旅立つから気がついた。乃子は正しいことをしている。思いっきり進んでも大丈夫』そんな言葉がどこからともなく聞こえた。

蒟蒻の味

如月に入り姉の四十九日法要が近づいてきた。私はこれしかないが頭の中を過り、二、三日前から蒟蒻づくりを始めた。先ずは茹でる、皮をむいて半日は過ぎた。大きな鉄釜に水を張り備長炭を入れ一夜さ寝かす。次の朝薪で湯を沸かす。湧いた湯をやかんに移して家の中の蒟蒻をミキサーにかける。おおざっぱだけど目方にして五キロ。業務用に近い作り方。なので、手を荒らしたくないので、ミキサーから大きな長方形の入れ物に移すのを何度も繰り返した。それでも入れ物が足りなくなり小さめの容器も満タンになった。午後遅掛けに切った蒟蒻を鉄釜にいれて薪で茹でた。蒟蒻は怒る。ぷりぷり怒るふくれ面は最高の絶品。丁度用事があって家に来た人は福運の人ではないかと

「あのね、姉の法事がすぐなの。端の方で申し訳ないけど食べて」「ありがとう、味は同じだからうれしい。う、ふ、ふ、ふふ」

こちらまで福が回ってきそうな笑みを残して立ち去った。そういう人は何人だろう。誰に上げたかも忘れるし分からん。鉄釜の蒟蒻が減れば有難いと思っているだけだから。

法事の前の日にもう一回薪で茹で直した。法事の日になった。三個ずつ入れた蒟蒻を幾袋も箱に入れて阿多古筋に向かった。先ずは姉がお世話になった隣保の友達に

「蒟蒻でお姉さんを忍んでね」「う、ふ、ふ、ふふ。ありがとう」

寂しさよりも幸せな笑顔があった。『いつも、貰って食べた蒟蒻○○さんありがとう』心の中で呟いているように見えた。

お寺に入って催しが過ぎた後に戒名を眺めた。『お姉さんもとうとう位牌一枚の人に』と位牌の字を見て『ハッ、これは』なので、住職さんに

「こんなに良い戒名を戴いて有難うございます」「こんなに良い人にはこの戒名しかないなぁ、他にはどう考えても思いつかん」「ありがとう、本当にありがとう」

何も言わない。嬉しそうな笑みを返しただけだった。振り向いて

「蒟蒻ご馳走様。思い出すなぁ○○さんの味」笑顔の返事が来た。

甥っ子がみんなに渡してくれたよ。みんな嬉しそうに「ありがとうね」まるで、お姉さんに言っているように私には聞こえた。『良かったね。お姉さん、みんなお姉さんの幸せの味を覚えていた』お姉さんの福運だよ。あの世でも、その福運を分け与えてね。

ありがとうモールス信号。私も自分自身を見つける【開き直り】の旅を続けることに決めた。だから、あの世で応援していてね。頼むね。ありがとうね。

蒟蒻の味

著者紹介

岩田　乃子（いわた　のこ）

1947年生まれ
静岡県在住
平成13年、県立浜名高校卒業
平成31年2月、『五十歳からの高校生活』を文芸社から出版
平成31年12月、『母の介護は老後の道しるべ』を
青山ライフ出版から出版

人生七十二歳の開き直り

著　者　岩田 乃子
発行日　2020年5月20日
発行者　高橋 範夫
発行所　青山ライフ出版株式会社
〒108-0014
東京都港区芝5-13-11　第２二葉ビル 401
TEL：03-6683-8252
FAX：03-6683-8270
http://aoyamalife.co.jp　info@aoyamalife.co.jp

発売元　株式会社星雲社（共同出版社・流通責任出版社）
〒112-0005
東京都文京区水道1-3-30
TEL：03-3868-3275
FAX：03-3868-6588

ISBN978-4-434-27393-3